पंछियों का सरदार

तरस मत खाना हम पर, हम योद्धा हैं

युवान बुक्स
अनबाउंड स्क्रिप्ट का उपक्रम

पंछियों का सरदार

प्रथम संस्करण : जनवरी, 2026

ISBN : 978-93-47125-06-5

प्रकाशक : **अनबाउंड स्क्रिप्ट**
2/41, अंसारी रोड, दरियागंज, दिल्ली - 110002
वेबसाइट : www.unboundscript.com
ई-मेल : books@unboundscript.com
फोन नं : 011-35807601

Panchiyon Ka Sardar
By Sandeep Dwivedi

मुद्रक : यश प्रिंटोग्राफ़िक्स, नोएडा, उत्तर प्रदेश

मूल्य : ₹ 199/-

पंछियों का सरदार

तरस मत खाना हम पर, हम योद्धा हैं

संदीप द्विवेदी

युवान बुक्स

मेरे पूज्य दादा जी के नाम
जो कहते थे, तपस्या किसी की
व्यर्थ नहीं गई

कवि की ओर से

इस पुस्तक की प्रेरणा और रचना का मूल आधार मेरे दादाजी की कही एक बात है।

मेरे दादा जी कहते थे कि प्रेरणा और निराशा, यह दोनों ही हमारे चारों ओर हैं। बस हमारा दृष्टिकोण तय करता है कि हमारे हिस्से क्या होगा। कोई सीखना चाहे तो हर ओर से सीखा जा सकता है, प्रेरणा ली जा सकती है। कोई निराशा देखना चाहे तो उसी में वो निराशा भी ढूँढ सकता है, हताशा खोज सकता है। कोई कवि लेखक अपने चारों ओर के इसी पिटारे में से ही तो कोई रचना या लेख गढ़ता है। मैंने भी प्रेरक दृष्टिकोण की मशाल थाम अपने चारों ओर से उम्मीद और हिम्मत खोजने का प्रयास किया है और कविताओं में इस तरह संजोया है कि किताब हताशा से उत्साह की ओर ले जाए, प्रतिकूलताओं में अवसर दिखाए, आपको हारने न दे।

मेरा धन्यवाद डॉ विजय सुखवानी जी, विभागाध्यक्ष शासकीय इंजीनियरिंग कॉलेज, उज्जैन को और मेरे बालसखा वरुनेंद्र तिवारी को, जिन्होंने पुस्तक के प्रकाशन पूर्व पाठक बनकर पुस्तक को बेहतर स्वरूप देने में सहयोग किया। मैं आप दोनों के प्रति अपना आभार प्रकट करता हूँ।

मेरा धन्यवाद प्रकाशन के मुखिया आलिंद महेश्वरी जी को भी जिन्होंने पुस्तक पर भरोसा दिखाया।

आशा करता हूँ कि पुस्तक, अपने कथन पर, अंतिम पन्ने तक अडिग रहती प्रतीत होगी।

धन्यवाद

-संदीप द्विवेदी

अनुक्रम

ओह! निर्मम आकाशी

ओह! निर्मम आकाशी
कहाँ है तुम्हारा देवत्व?
कहाँ है तुम्हारा न्याय?
निष्कासित हुआ है एक
प्रिय राजकुमार और
तुम देख रहे निश्चिन्त
होता अत्याचार,
कोमल मन पर प्रहार..

ओह! निर्दयी आकाशी
कहाँ है तुम्हारा न्याय,
कहाँ है तुम्हारा न्याय...

सुनता रहा चौदह वर्ष तक
सारा आकाश, यह चुभता आलाप
फिर जो हुआ
सब देखते रहे चुपचाप
अचानक सुनाई दी
महलों की ओर उमड़ती
जय जयकार,
बन चुका था अवतार
वही निष्कासित राजकुमार
पूरे विश्व ने जाना था
तिरस्कार भी,
रचता है पुरस्कार!

बीज की छलाँग

बस कुछ बीजों ने
दिखाई थी हिम्मत
और लगा दी थी छलाँग
गीली मिट्टी पर..
डूबते उतराते रहे वो
दिन महीने साल,
और आख़िर खोज ही लिया
अपने भीतर का पेड़...

मैं सोचता हूँ,
क्या छलाँग लगाने वाले
बीजों को, नहीं लगा होगा डर
बाकी बीजों की तरह?

शायद नहीं, क्योंकि
छलाँग उन बीजों ने नहीं,
छलाँग लगाई थी
उनके भीतर के पेड़ ने...

मेरा अविश्वास

जब हिला दिया
अपने भार से,
एक विशाल पत्ते को,
उसकी सतह पर
गिरती और सरकती
ओस की एक बूँद ने...
मुझे दिखाई दिया,
अपनी क्षमताओं पर
मेरा अविश्वास...

एक बूँद अगर,
झकझोर सकती है
विशाल पत्तों का साम्राज्य,

अपने नगण्य भार से,
तो क्यों नहीं झकझोर
सकता हूँ मैं, अपनी
असीमित क्षमताओं से,
अपने हालातों और
चुनौतियों को...

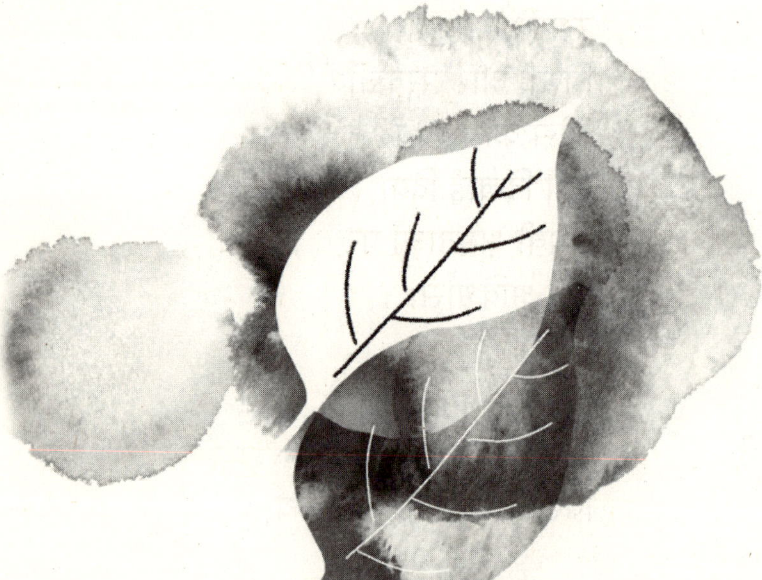

समंदर की उन्मादी लहरें

समंदर को हमने कभी
छोटा नहीं कहा,
कभी उसकी तौहीन नहीं की,
सदैव अपनी कविताओं में
और कल्पनाओं में,
उसकी विशालता को स्वीकारा,
हमने शक्ति की उपमाओं में
सदैव उसी को चुना...
लेकिन उसकी कुछ लहरें,
हमारे टापुओं को,
डुबोने की ताक में हैं
हमारा अस्तित्व मिटाने को आमादा हैं
लहरों का ये उन्मादी रवैया,

प्रश्न है समंदर की गंभीरता पर
और यदि यह ढंग है उसका
ताकत के प्रदर्शन का
तो यह बेहद बचकाना है,
किसने कहा कि
विशालता का प्रदर्शन
सिर्फ विनाश में संभव है...
क्यों नहीं देख पाता वो
औरों को अशांत करते हुए
स्वयं का भी अशांत होना....
काश! कि वो समझ पाता,
बता पाता और सिखा पाता
अपनी उन्मादी लहरों को,
कि हद छीनने वाले
अक्सर हो जाते हैं समाप्त,
तो शायद ज्यादा होती
उन लहरों की उम्र....
असीमित क्षमताओं से,
अपने हालातों और
चुनौतियों को...

प्रयासों का पदक

घुटने, कंधे और हाथ,
इनके करतब रचते हैं
विशाल पिरामिड,
लेकिन नहीं छू पाता पदक
हर एक हाथ,
छूता है कोई एक
लेकिन कई कंधों, घुटनों
और हाथों के सहारे।

हजारों प्रयासों की शृंखला,
जब होती दिखे धराशाई,
तो याद करना
पिरामिड की रचना

और देखना उस पिरामिड में
अपने प्रयासों की शृंखला...
बहुत साफ़ देख पाओगे
अपने प्रयासों को
रचते हुए पायदान,
तुम्हारी जीत के लिए...

जिस प्रयास के हाथ होगा
तुम्हारी जीत का पदक,
वो होगा कोई एक...
वो दिखेगा खड़ा हुआ
कई प्रयासों के रचे
पिरामिड पर।

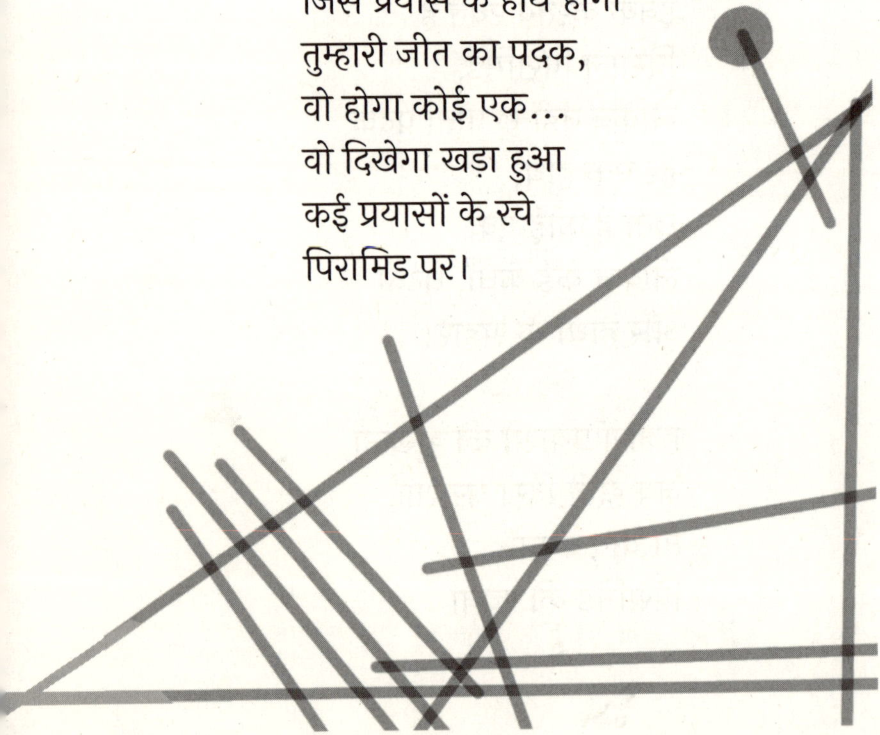

साहस

जिसने चुना,
पैरों के लिए पहाड़...
जिसने खोले पंख
तूफ़ानों के आगे...
जिसने चुना भिड़ना
चुनौतियों से...

मैंने सदैव देखा है
उन्हें ऊँचाइयों में,
मैंने सदैव देखा है
उन्हें जीतते हुए,
मिटाते हुए
खींची हुई सीमाएँ...

अहंकार और विश्वास

किसी अंकुर ने,
अगर चीर दी चट्टानें
और तान लिया
पत्तों का विशाल तंबू,
तो यह नहीं है हार
किसी चट्टान की
और न ही प्रमाण है यह
अंकुर के चिरविजयी होने का...
यह अविश्वसनीय जय-पराजय है
विश्वास और अहंकार की...
इस द्वंद्व के परिणाम ने
पूरी दुनिया को सिखाया
अहंकार, चट्टान का भी नहीं रहा
और विश्वास ने-
पत्थर पर भी पौधा उगा दिया।

निर्भय और निश्चिंत

मैंने जब देखी,
सागर के बीचों-बीच
तैरती हुई नाव,
पानी सा हिलोरें लेता
लाल तप्त लोहा,
तूफ़ानों के अंतिम प्रयास तक
टिका तिनकों का घर,

उस दिन स्वीकारे
मैंने भी जीवन के
निरंतर चलते सभी युद्ध,
होकर निर्भय और निश्चिन्त...
पिघलते लोहे ने बताया,
हराया जा सकता है विजेता...
घोसलों ने थाम ली,
मेरी हिम्मत की जर्जर डोर...

नाव ने बताया,
नहीं पाया जा सका कुछ
बगैर भिड़े और उतरे
चुनौतियों के सामने...

त्याग

क्या बूँदें चाहेंगी
बादलों को छोड़कर
मिट्टी में मिलना
और मैली हो जाना?
क्या पत्तियाँ चाहेंगी
टूटना, रंग उतरना
पतझड़ का हिस्सा होना?

लेकिन हमेशा नहीं होता
अपना चाहा, सोचा हुआ...
पत्तियों को गिरना ही पड़ा
पेड़ों के जीवन के लिए...
बूँदों को मैला होना ही पड़ा
धरती की प्यास मिटाने के लिए...

कभी आसान नहीं रहा है
वो छोड़ना जो पसंद हो...
लेकिन त्यागना ही पड़ता है
किसी ग्वाले को गोकुल,
होना ही पड़ता है वनवासी,
किसी राजकुमार को...

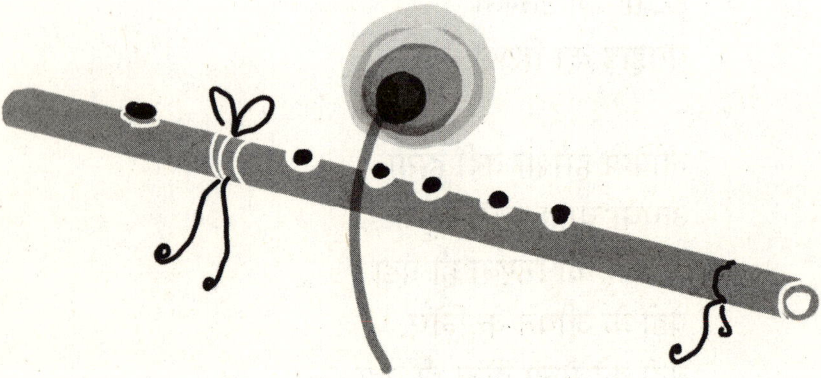

दुर्गम यात्रा

मैं थक गया,
क्योंकि मैंने पाँव
उस ओर बढ़ाये,
जिस ओर मन नहीं था..
पाँव कहाँ तक,
कब तक घसीटते मन को...
दोनों ने छाँह देखी
और बेदम लेट गये
पाँव किसी बच्चे सा
निहारता रहा घाव और
मन कराहता रहा...

बेहद दुर्गम होती हैं
वो यात्राएँ,
जिस पर चलते हैं
सिर्फ हमारे पाँव
और घिसटता है मन..

चुनौतियों के पीछे जीत

तुमने देखा है न,
गहरी स्याह रातों के
पीछे छिपा सुनहरा दिन?
दुर्गम घाटियों के पीछे
सुन्दर समतल मैदान?
ऊँची लहरों के छोर पर,
बिखरी सुनहरी रेत...?

फिर क्यों नहीं देखते तुम,
चुनौतियों के पीछे,
छिपी जीत और
निराशाओं के पार
उम्मीद...

तू दीपक तूफ़ानों वाला

तुझको कौन बुझाने वाला
तुझको कौन डराने वाला
ओट ढूँढता क्या फिरता है
तू दीपक तूफ़ानों वाला...

सोच रहे हो जो भी मन में,
वो दिख जाता है जीवन में...
जो कुछ कल में होगा खोया,
रोओगे उसको, इस पल में
खोओगे ऐसे में वह भी
जो हिस्से है आने वाला
ओट ढूँढता क्या फिरता है
तू दीपक तूफ़ानों वाला...

किसी डाल ने शोर मचाया,
तेज़ हवा का आया साया...
जड़ों ने उनको आँख दिखाई,
बोली साहस कहाँ गँवाया...
हारे नहीं स्वयं से ग़र तो,
होगा नहीं हराने वाला...
ओट ढूँढता क्या फिरता है
तू दीपक तूफ़ानों वाला...

दुनिया जब गिरता देखेगी,
तानों के पत्थर फेंकेगी...
और इसी में उलझे तुम तो,
जीत की कैसे राह बनेगी...
किसी ने हारा हुआ कहा तो,
कब तू हुआ हारने वाला...
ओट ढूँढते क्या फिरता है,
तू दीपक तूफ़ानों वाला...
तुझको कौन बुझाने वाला,
लेकर निशा डराने वाला...
ओट ढूँढता क्या फिरता है,
तू दीपक तूफ़ानों वाला...

जानता हूँ

एक थी बाती दिए में, जल गई है
एक थी उम्मीद, वो भी मर गई है
तुमने देखा है बहुत कुछ टूटता सा
टूट कुछ तुम भी गए हो, जानता हूँ
थोड़ा ही लेकिन डरे हो, जानता हूँ...

पर सुनो एक बात, मेरी सुन सको तो
साथ का एक हाथ, मेरा चुन सको तो
कुछ पहर ही नाव, लहरों में फँसी है
यह लहर भी, कुछ पहर को ही उठी है
यूँ तो है मुश्किल खड़ा रहना किसी का
पर बना सकते हो साहस, जानता हूँ
थोड़ा ही लेकिन डरे हो, जानता हूँ...

तेरे हिस्से में नहीं यदि जीत होगी
हार में तय है कि कोई सीख होगी
सीख का यह कारवाँ एक पथ रचेगा
इसी का एक छोर तेरी जय करेगा
यूँ तो कहना है सरल, करना कठिन है
लेकिन उठे तो जीत लोगे, जानता हूँ
थोड़ा ही लेकिन डरे हो, जानता हूँ

प्यासे तट का तप उठा यूँ ताप लेकर
नदी को आना पड़ा, सैलाब लेकर
जल उठी थी इस तरह उसकी शिलाएँ
मुड़ी तट की ओर तटिनी की दिशाएँ
ऐसी तपस्या साधना यूँ तो कठिन है
चाहोगे तो साध लोगे, जानता हूँ
थोड़ा ही लेकिन डरे हो, जानता हूँ

हर तरह से जीत के तुम पात्र हो,
पर धरा में तुम नहीं एक मात्र हो...

सारे यत्नों को नहीं मिलता पदक है,
पर इन्ही में एक का होता तिलक है...
कठिन तो है हार सहना और बढ़ना,
पर दिवस यह काट लोगे, जानता हूँ
थोड़ा ही लेकिन डरे हो, जानता हूँ

कितने कल पर टालोगे

नये बहानों के सिक्कों पर,
कितना समय उछालोगे...
मंज़िल पाने की कोशिश को,
कितने कल पर टालोगे...

याद रहे कल पर जितना भी,
आज को हमने टाला है
एक दिन यही इकट्ठा होकर,
हम पर छाने वाला है
घेर खड़ा हो गया तो सोचो,
कैसे राह निकालोगे...
मंज़िल पाने की कोशिश को,
कितने कल पर टालोगे...

नींद की चादर ओढ़ रखे थे
जब उठने की बारी आई
आज नहीं, कल में करते हैं
तुमने यही कहानी गाई
ऐसे करके बीता पल जो
क्या वापस तुम पा लोगे
मंज़िल पाने की कोशिश को,
कितने कल पर टालोगे...

आज-आज, कल-कल होता है
समझ नहीं हमको आया
आलस के चंगुल में फँसकर
हर अवसर हमने ढाया
समय को कौड़ी भर माना तो
जीवन कितना मानोगे...
मंज़िल पाने की कोशिश को,
कितने कल पर टालोगे...

जाता हर पल, छीन रहा है
जीवन के सुन्दर मोती
हाथ मलोगे सोच सोचकर
था मौका, डुबकी ली होती
समय छीन लेगा जब मोती
मोती खड़े निहारोगे..
मंज़िल पाने की कोशिश को,
कितने कल पर टालोगे...

कहो, भला कैसे योद्धा हो...

युद्धभूमि पर मात देखकर
माथ को अपने हाथ टेककर
बैठ गए तुम इतना जल्दी,
कहो, भला कैसे योद्धा हो
तुम्हीं बताओ हार गए जो
क्या तुम ऐसे इकलौते हो?
क्या दुःख जीत गँवा देने का,
बोलो बस तुम ही सहते हो?
संग्रामी तो किसी हार पर
कभी न बैठे हार मानकर
वीर सभा में कोई नहीं जो,
इस तरह हार पर रोता हो
कहो भला कैसे योद्धा हो...

भिड़ना है जब तूफ़ानों से
क्यों घबराएँ ढह जाने से
ठाना है यदि पाना है कुछ
क्या डरना कुछ खो जाने से
पंख उठे यदि तूफ़ानों पर
घाव तो लगने हैं बाहों पर
ऊँचे लक्ष्य बिना पीड़ा के,
कहो कहीं जो होता हो
कहो भला कैसे योद्धा हो...

हाँ, सच है घबराता है मन,
घेरा करती है जब उलझन..
पर उलझन सुलझाने को ही
योद्धाओं का होता जीवन...
लक्ष्य को पाँव उठे जो तेरे
फिर क्यों हो ये मन में घेरे
कौन है वो, यह कोलाहल
मन में जिसके ना होता हो
कहो भला कैसे योद्धा हो...

शैलों को देखा हैं अक्सर
मेघ सदा रखते हैं ढककर
शिखर सदा लड़ते आए हैं,
अवरोधों से निर्भय डटकर
हिमसागर बरसे तो बरसे
शिखर नहीं हटते हैं डर से
यही अडिगता होगी रखनी
तुम यदि कोई प्रणेता हो...
कहो, भला कैसे योद्धा हो..

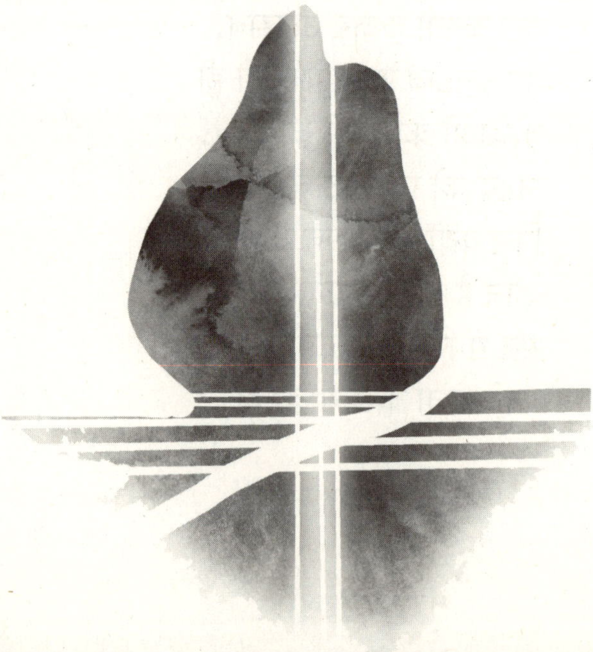

नींद त्याग दो पथिक

देखो ध्येय पथ तुम्हें,
है चीखकर उठा रहा...
नींद त्याग दो पथिक,
समय निहारो, जा रहा...

बारिशों के बाण से हो
तुम डरे छुपे हुए...
देखता हूँ मैं कि, पथ हैं
पाँव से भरे हुए...
भीगने के भय को छोड़
बोल दो मैं आ रहा...
नींद त्याग दो पथिक,
समय निहारो, जा रहा

पाने को न उठ सको तो
स्वप्न सारे झूठ हैं...
तेरे समय की साफ़ यह
दिन दहाड़े लूट है...
सुस्तियों के हाथ में,
क्यों उम्र को थमा रहा...
नींद त्याग दो पथिक,
समय निहारो, जा रहा।

धूप छाँव से रंगी वो,
है कँटीली राह जो...
लक्ष्य हो अगर यहीं तो,
पाँव को उतार दो...
कहीं नहीं वो जा सका,
जो सोचता खड़ा रहा...
नींद त्याग दो पथिक,
समय निहारो, जा रहा..

होगी, कठिन परीक्षा होगी

अभी नहीं कोई संकट है,
तेरा ही सागर पनघट है
चप्पू तेरे सधे हुए हैं,
हवा के संग तेरी संगत है
लेकिन जिस दिन मोती चुनने,
नाविक, तेरी नाव बढ़ेगी,
होगी, कठिन परीक्षा होगी।

कहते हो तो निश्चित होगा
तुममें सातों सुर का संगम...
करते होंगे मुग्ध तुम्हारे,
आलापों में बिखरे कंपन...
लेकिन जब भी कंठ में तुमको,

माँ सरस्वती बिठानी होगी,
होगी, कठिन परीक्षा होगी।

अभी अडिग रहने के तेरे,
माना किस्से चर्चित होंगे
धरे धैर्य, व्रत की रक्षा में,
तन मन तेरे अर्पित होंगे
लेकिन भीष्म, कर्ण की तरह
जब भी कीर्ति बढ़ानी होगी,
होगी, कठिन परीक्षा होगी।

नहीं उठी वो आग अभी,
जो कुंदन लाया करती है
नहीं बीज उस मिट्टी पर,
जो पौधे जाया करती है
क्योंकि यह संगति पाने को
जब भी अंदर चाह उठेगी,
होगी कठिन परीक्षा होगी।

बेशक नापा होगा तुमने,
मीलों-मीलों लंबा रास्ता
कुछ भी रहा नहीं होगा जो,
नहीं रहा हो तेरे बस का...
लेकिन शिखर शिलाएँ छूने
जब भी रग में लहर उठेगी,
होगी, कठिन परीक्षा होगी

संघर्षों की भट्ठी से

रो मत साथी, जीत के राही
इसी किनारे आते हैं
संघर्ष की तपती भट्ठी से
किरदार निखारे जाते हैं।
जिस पट्ठे ने खाई ना हो
मिट्टी किसी अखाड़े की
वो बेचारा क्या जाने ये,
दाँव कहाँ से आते हैं।

क्यों दीवारें नाप रहे
अंधियारों की, अवरोधों की
कंधों ने कब बोला है
हम नहीं लड़ेंगे, छोड़ो भी

ये तो तेरे अंतर्मन के
भीतर डर का मेला है
वरना यह कंधे भिड़ने को,
हाथ पसारे आते हैं।
संघर्ष की तपती भट्ठी से
किरदार निखारे जाते हैं।

माना मैंने, हार ने तुमसे
बेशक सबकुछ छीना है
लेकिन देखो आसपास भी
हालत बिगड़ी दूना है।
चाहें तो ये भी तुम जैसा
बैठ के रोने लग जाएँ
इनको भी पीछे हटने के
कई बहाने आते हैं।
संघर्ष की तपती भट्ठी से
किरदार निखारे जाते हैं।

पत्थर में मूरत गढ़ने को
लोहा रूप बदलता है।

हमको नया शिखर देने को
रास्ता हमको छलता है
होता है आसान नहीं पर
होगा जो सहना होगा।
हम झेल चुनौती के वारों को
और सुदृढ़ हो जाते हैं
संघर्ष की तपती भट्ठी से
किरदार निखारे जाते हैं।

कुछ पल के तूफ़ानों से क्या
हवा को दुश्मन मानोगे?
थोड़े से विपरीत समय को
कब तक ताने मारोगे?
नहीं कोसकर समय गँवाओ
कोसों दूर भी जाना है।
बैठ गया जो रोने उसको,
कहाँ किनारे आते हैं।
संघर्ष की तपती भट्ठी से,
किरदार निखारे जाते हैं।

क्यों अर्जुन तैयार नहीं है

रात चीर उजियारा करने,
क्यों दीपक में धार नहीं है
आज चुनौती से लड़ने को,
क्यों अर्जुन तैयार नहीं है

जिसके पंख, तुंग शिखरों को,
बादल सा ढक लेते थे
जिसके पंजे शिखर शिला को,
चोटिल भी कर देते थे
उसी बाज के पंख झुके क्यों,
क्यों पहले सा वार नहीं है
आज चुनौती से लड़ने को,
क्यों अर्जुन तैयार नहीं है?

तरकश छोड़ लक्ष्य भेदन को,
तीर सभी तैयार खड़े हैं
लेकिन ना जाने किस डर से,
तेरे अपने हाथ अड़े हैं
रोक सके जो तेरा पथ वो
बनी कोई दीवार नहीं है...
आज चुनौती से लड़ने को,
क्यों अर्जुन तैयार नहीं है?

वो देख चुनौती बुला रही है,
हाथों में तेरी जय लेकर
कहती, हिम्मत है तो ले जा
दिखा ज़रा अपना भी तेवर
मौन रहे तू यह सुनकर भी,
तू इतना लाचार नहीं है
आज चुनौती से लड़ने को,
क्यों अर्जुन तैयार नहीं है?

उठ चल लेकर आज उधर रथ,
जिधर हार का भय हो
लहरा चल उस दिशा मशालें,
जिधर वायु की जय हो
अर्जुन सबकुछ वश में तेरे,
बस तुझको 'विश्वास' नहीं है
इसलिए चुनौती से लड़ने को,
अर्जुन तू तैयार नहीं है...

मेरे लिए सवेरा होगा

तुम कहते हो, है अंधियारा
घोर तिमिर से है सब हारा
घुटने टेक चुकी उम्मीदें,
नहीं दिया भर भी उजियारा
पर सुनो ज़रा जो कहता हूँ,
अपना दीपक मैं रहता हूँ
है भीतर विश्वास अटल यह,
मुझको नहीं अंधेरा होगा
मेरे लिए सवेरा होगा।

तेज़ हवा से डरकर पत्ते
छोड़ डाल को नहीं भागते,
रहते हैं निर्भीक निडर हो,
यूँ ही कभी न हार मानते
इन पत्तों ने मुझे सिखाया,
जीता, जिसने धैर्य दिखाया,
नहीं चलेगी तूफानों की,

मेरा जहाँ बसेरा होगा
मेरे लिए सवेरा होगा।
रातों रातों नींद गँवाकर,
खुद को अगर तपाया है
किसके हिस्से नहीं भला,
फिर उसका सूरज आया है।
प्यास अगर कुछ पाने की,
उस पर सर्वस्व लुटाने की,
वो चाहे सौ परतों में हो
मेरे लिए बिखेरा होगा
मेरे लिए सवेरा होगा।

पग आ जाएँ अपने पर तो,
पथ बन जाता है हर पत्थर
दृढ़ हो जाए पाने को तो,
लक्ष्य चला आता है उठकर
चुन बैठें जब नदी दिशाएँ,
भूधर जाकर शिला हटाएँ,
जिस मन साहस का डेरा हो,
उसपर किसका घेरा होगा
मेरे लिए सवेरा होगा।

कल्पनाओं के हौसले

हमारी छलाँग जितनी
नहीं हैं घाटियाँ,
हमारे कुछ क़दम जितने
नहीं हैं पहाड़,
हमारी ऊँचाइयों जितनी
नहीं हैं लहरें,
हमारी ताकत जितने
नहीं हैं तूफ़ान,
बहुत बड़ा है इनका
आकार और विस्तार,
बहुत बड़ा है इनका संसार...

फिर भी मिलेंगे प्रमाण
हमारे विजयी होने के,
क्योंकि ठीक उतने ही
छोटे हैं ये पहाड़, घाटियाँ
और लहरें,
हमारी आसमान तैरती
कल्पनाओं के हौसले से
जितना कि मैं इनसे..

उम्मीद

किताबों का बोझ संभाले
अलमारियों के झुके कंधे
जर्जर हो चुकी एक कुर्सी
खाँसता हुआ पंखा और
उड़ते भागते पन्ने
दीवार की छाती भेदकर
लटकाए गए
दुनिया भर के नक़्शे
बाप सी उम्मीद लगाए
निहारता बूढ़ा बल्ब
लटकी हुई खिड़कियों के
बदन पर उकेरे हुए सूत्र
इन सबसे भरा हुआ

मेरा दस गुणा दस का कमरा
जिनके बीच बैठा हुआ मैं,
छिना हुआ राज्य वापस
पाने को संघर्ष करते..
किसी राजा की तरह

सबने टिकाया है विश्वास
हमारा राजा जीत लेगा
छीना हुआ राज्य...

कैसा लगता है

कैसा लगता है, ऊँचाई से गिरता
झर-झर बहता झरना
कैसे लगते हैं हवाओं से
जड़ों तक हिलते हुए पेड़
कैसा लगता है, कर्ण बेधता
बादलों का अनहद आलाप
कैसी लगती है पहाड़ से
धकेली हुई बहती नदी
कैसे लगते हैं पतझड़ में
पेड़ों से गिरते पत्ते
शायद बहुत खूबसूरत...
पर क्या अच्छा लगता होगा?
झरने को, यूँ निर्दयता से

पत्थरों पर फेंका जाना?
पेड़ों को, यूँ जबरन
हवाओं से धकेला जाना?
बादलों को, आपस में
बेवजह टकराया जाना?
नदियों को, किसी पहाड़ से
यूँ धकेला जाना?
हाँ, अच्छा लगता होगा
क्योंकि ये जानते हैं, कि
इसी में है इनकी सार्थकता,
इनका अस्तित्व...
झरना कौन कहता
अगर पत्थर,
गोद से न उतारते...
नदी कौन कहता,
अगर पहाड़,
उसे न धकेलते
पुनर्जन्म कैसे होता,
अगर पतझड़
पत्तों को न तोड़ते..

कौन खोना चाहेगा
अपना खूबसूरत अस्तित्व...
इसलिए लगना चाहिए
हमको भी प्रिय, इनके जैसा
हमारा चुनौतियाँ भरा जीवन

तुमने कभी सोचा?

तुमने कभी सोचा?
तुम पगडंडियों में क्यों हो
क्यों ऊबड़-खाबड़ रास्तों में हो...
क्योंकि ईश्वर तुम्हें,
चिकने रास्ते नहीं देना चाहता...
बल्कि वो चाहता है,
कि तुम उठो और चिकना करो
उबड़ खाबड़ रास्तों को
और ऐसा इसलिए,
क्योंकि तुम नहीं हो उसकी
कोई आम पब्लिक
बल्कि तुम हो
उसके इंजीनियर

जिसे भेजा गया है, उसकी ओर से
दुनिया के ऊबड़-खाबड़
रास्तों को,
चिकना करने के लिए...

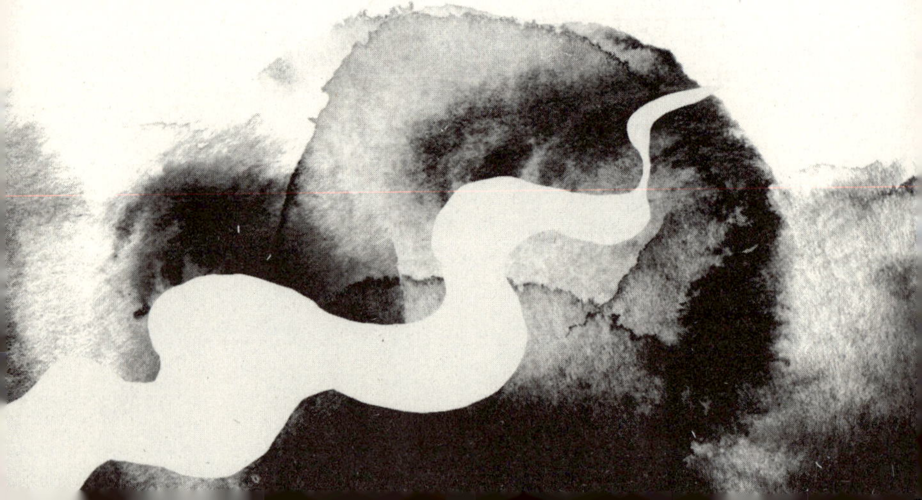

क्या पहले हो?

क्या पहले हो,
जिसने जिया है
भीड़ में अकेलापन?
क्या पहले हो,
जिसके टूटे पड़े हैं
सतरंगी सपने?
क्या पहले हो,
जिसका धैर्य हुआ हो
चोटिल?
तुमसे पहले भी,
सही गई हैं ये पीड़ाएँ,
सबने झेली हैं ये दुविधाएँ,
सबने देखे हैं ये तूफ़ान...

पर आज देखता हूँ,
जिन्होंने पार किया है
यह दौर,
उन्हें मुस्कुराता हुआ
उन्हें तराशा हुआ
कहीं और अधिक निडर
कहीं और अधिक तैयार
इसलिए नहीं जागती
तुम्हारे लिए संवेदना...
सोने को तपता देख
नहीं होना चाहिए दुःख

नदी की अधूरी सागर यात्रा

एक नदी, जो सागर
छूने चली थी, वो
सागर छू नहीं पाई
वो छू नहीं पाई
इसलिए नहीं कि
वो थक गई
इसलिए नहीं कि
वो डर गई
बल्कि इसलिए कि
सागर की तरफ
बहते हुए उसे
कहीं दूर सुनाई दी
प्यास से सूखते

पेड़ों, फसलों और
अनगिनत कंठों की पुकार
सुनी न गई उससे
उनकी व्यथा,
देखी न गई उनकी प्यास,
वो सब भूल पहुँचती गई
जहाँ तक जा पाई
करती अपने हजारों भाग
घटती रही समय के साथ
सागर छू सकने वाली
उसकी उछाल और
बढ़ती रही दूरी...
ओझल होता गया उसका
सागर छूने का लक्ष्य...
मगर कभी उसमें,
इसका मलाल नहीं देखा
उसकी लहरों में बिगड़ा
उछाल नहीं देखा
उसको देखा सदा हँसता हुआ..
मैंने जाना, जीतना हमेशा

मंज़िल पा लेना नहीं होता
उससे भी बहुत कीमती
मिल सकता है
उससे बहुत पहले..
नदियों को कभी
हारी हुई नहीं कहा जा सका..

भूल सको तो भूल जाओ

भूल सको तो भूल जाओ
उस जीत और हार को
जो तुम्हें खेलने न दे
भूल सको तो भूल जाओ
उस छाँव को
जो तुमसे धूप की बुराई करे
भूल सको तो भूल जाओ
उस प्यास को
जो औरों का पानी छीन ले
भूल सको तो भूल जाओ
उस कविता को
जिसे समय मिटा सके
बेहद ज़रूरी है अंतर समझना
उस जैसा और वही होने के बीच...

मेरे भीतर का डर

मैंने हमेशा उन
कमरों में महसूस किया डर
जिनके किवाड़
किसी और ने बंद किये..
मैं निडर रहा
जब मैंने बंद किये किवाड़...
दोनों से ही कमरे में
कुछ नहीं बदलता था
दोनों में ही
अंधेरा और सन्नाटा एक सा था
बदलता था तो बस
यह एहसास कि
सबकुछ मेरे हाथ है
मै जब चाहूँ, बाहर का

उजाला और बाहर का शोर
भर सकता हूँ कमरे में
यह मिटा देता था
मेरे भीतर का डर
मैं समझ पाया
अपने भीतर का खेल...
डर नहीं पैदा होता कभी
किसी किवाड़ के बंद होने से
यह पैदा होता है सदैव,
हमारे अंतर्मन से...
मैं याद कर रहा हूँ
कहाँ-कहाँ डरा हूँ
इस तरह के डर से
मुझे बेहद पछतावा और
पीड़ा होगी,
अगर मैं डरा होऊँगा वहाँ
जहाँ मुझे
हिम्मत दिखानी चाहिए थी

पीड़ाओं को धन्यवाद

हजारों परतें चढ़,
जब हीरे ने
धरती की सतह पर
रखे अपने पाँव
बताया अपना
परिचय और नाम
हँसने लगे लोग
करने लगे अपमान
और धकेल दिया गया
देकर पत्थर का नाम
समझ आया उसे
यूँ ही नहीं होता
कोई मूल्यवान
सहनी होगी पहले

उसको भी असहनीय पीड़ा
सबकी तरह
हीरे ने भरा साहस
स्वयं को झोंक देने का
तेज़ धारों के बीच
इस फैसले ने
हीरे को दिलाया
उसके हिस्से का सम्मान
उसके दिल से गूँजी एक आवाज़
जो कह रही थी
'पीड़ाओं! तुम्हें धन्यवाद'

कभी मत भूलना

किसी ने सौंपा है
पूरा जीवन तुम्हारे लिए,
त्यागा है अपना सुकून
ताकि तुम साध सको
अपना लक्ष्य,
जैसे किसी प्रत्यंचा ने
तोड़ डाला अपना शरीर
तीर को लक्ष्य तक
पहुँचाने के लिए
तीरों! सदैव याद रखना
अपनी प्रत्यंचा
सदैव याद रखना
तुम्हारे लिए किसी का त्याग...

जीत की अंतिम परीक्षा

करते हुए चुनौतियाँ पार
जैसे ही पहुँचा लक्ष्य के द्वार
उमड़ने लगा, जीतने से
ठीक पहले का डर
डगमगाने लगा, वर्षों का प्रयास
घेरने लगी चिंताएँ
मेरे चिंतन का दायरा
विचलित हुआ साहस मेरा भी
निराला के राघव सा
लेकिन उठ खड़ा हुआ मैं भी
उन्हीं की तरह, अगले क्षण
और खोने न दिया मेरा
धैर्य और आत्मविश्वास...

कंपाया नहीं प्रयासों का संधान
और धराशाई कर दिया
जीतने से ठीक पहले का डर
और घोषित हुआ विजेता
जीत की अंतिम परीक्षा में...

समर्पण

समंदर के पास हैं
हमारे लिए
सुनहरी सीपियाँ
बीज के पास है
हमारे लिए
शीतल छाँव
धरती के पास है
हमारे लिए
अन्न और फल
समय के पास है
हमारे लिए जीत
और पदक,
ये ढूँढते हैं बस

हमारी आँखों में
अपनी कद्र,
प्यार और त्याग...
फिर लुटा देते हैं
सबकुछ,
हमारे समर्पण पर।

सबसे बड़ी क्रूरता

मैंने जब देखा
एक पौधे को,
चट्टान की दरारों में
मिट्टी खोजकर,
अपना अस्तित्व बोते हुए,
चट्टानें भेदते हुए,
तो स्मरण आया अतीत
जहाँ मैं चूकता रहा,
अपने जीवन का
वही पौधा होने से
उसकी तरह प्रयास करने से
स्वयं पर भरोसा दिखाने से ।
मुझे एहसास हुआ
अपने सामर्थ्य को
संदेह की जंजीरों से बांधना
अपने ऊपर की गई
सबसे बड़ी क्रूरता है।

बादलों ने घोड़े मोड़ लिए

घनघोर बादलों का दल
तूफ़ान के घोड़ों पर सवार
किसी जंगल पर टूट पड़ा
बिजलियाँ गिराने लगा
पेड़ों को झकझोरने लगा
डालियों और पत्तों को
मरोड़ने लगा, तोड़ने लगा
बिखेर दी पूरे जंगल में
ज़मीन से उड़ाकर धूल
कोई नहीं बचा था घास
मिटटी, पौधे, फूल
इसी विजय यात्रा के बीच
अचानक जागा उसका आश्चर्य,

तूफ़ान की टापों से टूटे
भीगे और टपकते तिनकों पर
खड़े, जब गाता दिखा
परिंदों का एक समूह..
अपने विनाश पर यह उत्सव?
आश्चर्य! आश्चर्य !
उसने रोके अपने घोड़े,
जैसे प्रियदर्शी ने रोके होंगे
कलिंग युद्ध पर..
वो उतरा, निहारी अपनी विजय
फिर निहारा एक एक चेहरा
जिसमें देखी उसने अपनी हार
कैसे फूट सके तुम्हारे कंठों से,
आनंद भरे स्वर, मेरे तांडव में
यहाँ से कौन गुज़रा था, मुझसे पहले
मुझसे शाक्तिशाली और निर्भय
कौन है वो अदृश्य योद्धा..
हाँ, सत्य है तुम्हारा संदेह
गुज़रा था कोई,
नहीं देखा किसी ने भी उसे

मेरे लिए भी था अदृश्य
बस सुनाई दे रहे थे शब्द,
जिससे पराजित हुए तुम
वो कह रहा था
कल आएगा कोई संकट,
विराट संकट लेकिन घबराना मत
रखना याद,
रास्ते हैं अनगिनत
और उम्मीदें हैं अमर..
सबकुछ ठहर गया था इसके बाद
ठहरा रहा भी बहुत देर
बादल देर तक कुछ सोचता रहा
फिर उसने मोड़ लिए घोड़े..
और लौट गया पूरा दल..
दो पंक्तियाँ विजेता हुयीं..
रास्ते हैं अनगिनत
और उम्मीदें हैं अमर..

तपन

झूठी या अधूरी सुनी होंगी
वो सारी कहानियाँ
जिसमें किसी के सुख ने,
संघर्ष न देखा हो
लहलहाती फसलों को,
पसीने से न सेंका हो
जिसमें कोई विजेता,
कोई घाव न झेला हो
जिसमें किसी सवेरे ने,
अँधेरा न चीरा हो
क्योंकि जीवन में नहीं पैदा
होता यूँ ही सुख
चुनौतियों को मथकर
निकाला जाता है सुख.

खिड़की की छूटी जगह

मैं लगभग हर सुबह
घर की,
आख़िरी दीवार पर लगी
खिड़की खोलकर
उसके सिरहाने छूटी हुई
थोड़ी जगह पर बैठ जाता हूँ
बहुत देर तक,
उसकी बाहों में सर टिकाए
फिर बाहर निहारता हूँ,
उसके झरोखों में दिखता है
जो ठहर गया था कल
वो चलता हुआ,
गये शाम ढल गया सूरज

फिर उगता हुआ
गिरकर संभलता हुआ ,
रुक जाने सा था जो
दिख जाता है बहता हुआ,
मेरे घर में कुछ भी
इतना कीमती नहीं,
जितनी बेशकीमती है
खिड़की की वो छूटी हुई जगह
क्योंकि मैं रोज़ इससे
उम्मीदें खरीदता हूँ,
अपनी नाउम्मीदी के बदले

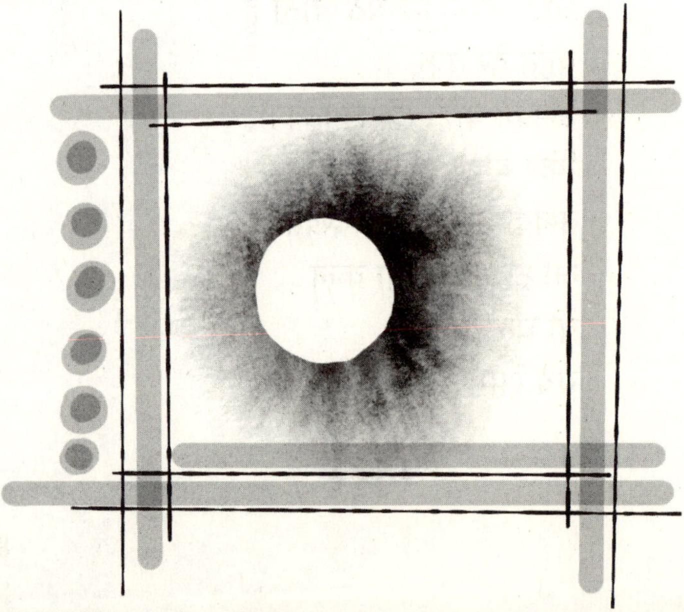

कोई बराबरी नहीं

चलने दिया जाता है जब,
रेगिस्तान में ऊँट को
तैरने दिया जाता है जब,
मछली को समंदर में
रेंगने दिया जाता है जब,
कछुए को गीली रेत पर
उड़ने दिया जाता है जब,
पंछियों को खुले नभ में
फिर कोई और नहीं होता
उस रंग मंच का विजेता

प्रयास

मत दुखी होना याद करके,
जिसे खोया है तुमने
सारे प्रयासों के बाद भी,
जो नहीं दिखा तुम्हें,
नजर के अंतिम छोर तक
नहीं तराश पायें जिसे तुम,
अपनी धार टूटने तक
नहीं मिल सका तुम्हें जो,
हजार मिन्नतों पर भी
उसको न पाने का दुःख,
अपमान होगा तुम्हारे
प्रयास का, जिसने कोई
कसर नहीं छोड़ी..
ढूँढने, तराशने और
खोजने में...

ख़ुश रहना

हम नहीं रोक सकेंगे
उम्र और समय की घड़ियाँ
हमारे जीवन का यथार्थ है
सूरज के आने जाने का मंचन
अधिक दुःख न पालना
न मिलने का, खो जाने का
हौसला बढाते रहना
उम्मीदों का, प्रयासों का
समय के अनंत सागर में
नाव तुम्हारी भी है
कोई खूबसूरत सपना रखना
और खेते रहना उसी ओर
मिले तो विजेता हुए
नहीं तो किस्मत कहना
खुद से चाहे झूठ, चाहे
सच कहना, मगर ख़ुश रहना.

दुःख होना चाहिए

दुःख होना चाहिए,
बाजी हारने पर
पीड़ा सीधी प्रतिक्रिया है,
प्रयास विफल होने की,
कुछ खो देने की लेकिन
ये पीड़ाएँ और दुःख
कतरते हों अगर तुम्हारी
अगली उड़ान पर पंख
तो ये छलिया हैं...
हार के बाद योद्धा में
पैदा हुए दुःख और पीड़ाएँ
सदैव तैयार करती है
पंखों को और मज़बूती से

अगली उड़ान के लिए
बड़े तूफ़ान के लिए
वनवासी युवराज का
उनकी पत्नी के हरण पर
विलाप उनका दुःख था,
एक ऐसा दुःख,
जिसने ध्वस्त कर दिया
शक्तिशाली दंभी शासक का
साम्राज्य

अनवरत

कोई नहीं बचा
न योद्धा, न युग
न विजय मुकुट,
न पराजित शीश
ये कभी नहीं बचते...
मंचन के बाद जैसे
शांत हो जाता है मंच
सारा कोलाहल, उत्सव
वैसे ही ठहर जाता है सब
बचता है अगर कुछ तो
वो है उनकी गाथाएँ..
यहीं जन्मता है ज्ञान
और बह चलता है

गंगोत्री के पावन जल सा
और सींचता रहता है
अपने ज्ञान से
युगों को अनवरत

अंतिम छोर पर

अगर पहुँच जाओ कभी
सड़क के अंतिम छोर पर
तो सहम मत जाना,
रुक मत जाना,किसी भटके
मुसाफ़िर की तरह
किसी मसीहे की
देखता हुआ राह...
तुम निहारना एक टक
अपने चारों ओर
इस यकीन के साथ कि
रास्ते कभी ख़त्म नहीं होते..
एक पहर बाद तुम देखोगे
कोई रास्ता उभरता हुआ

गढ़ता हुआ, बनता हुआ
तुम्हारे मन में
तुम्हारे आगे जाने का...
याद रखना मसीहा आते हैं
मन के रास्ते भी...

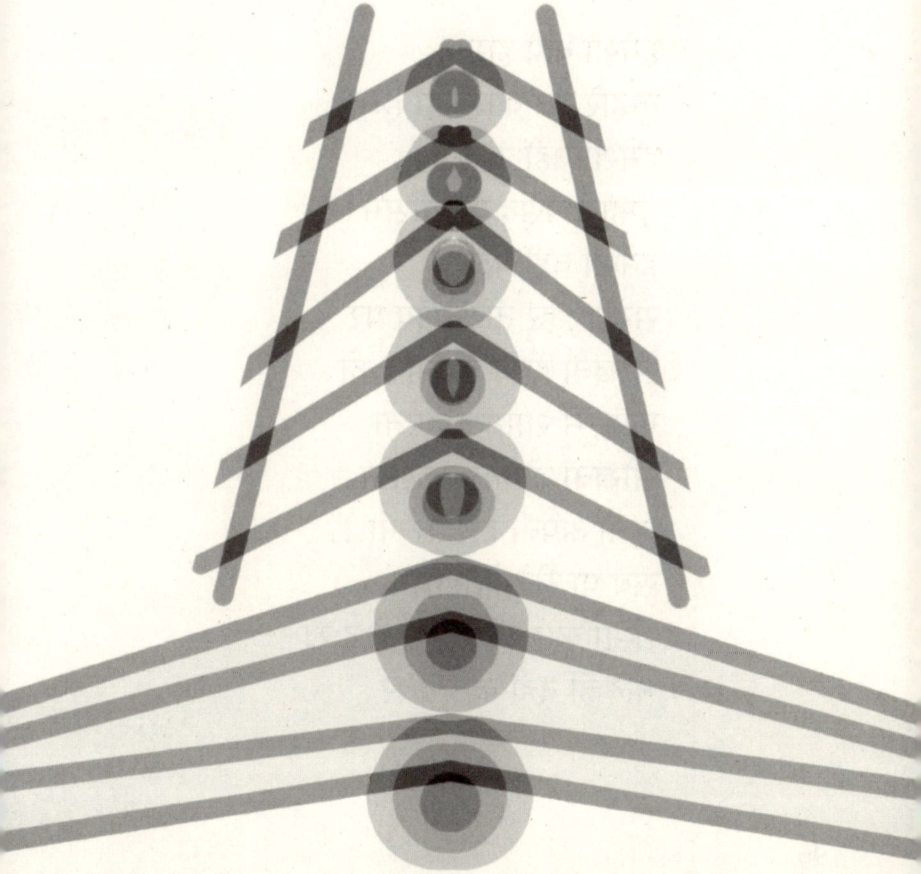

हमेशा नहीं होगा

हमेशा नहीं होगा
तुम्हारे मन का चाहा हुआ
हमेशा नहीं रहेगा
तुम्हारी पसंद का मौसम
हमेशा नहीं बैठेंगे
सटीक, हर तीर लक्ष्य पर
सीखना होगा नापसंद को
पसंद में शामिल करना
सीखना होगा मुस्कुराना
कभी अपनी हार पर भी...
सब पा लेने के बीच
रहेगा कुछ खोने का भी दुःख
भले ही नहीं के बराबर

लेकिन अस्तित्वहीन कभी नहीं
मैं भी चाहता हूँ कि
काश! ऐसा नहीं होता
लेकिन ऐसा ही होता है,
होता रहेगा...

तुम नहीं हो सकते पराजित

तुम नहीं हो पराजित
अगर तुमने की है
फिर से शुरूआत
अगर तुमने नहीं चुना
मैदान छोड़ना
मिली हार के बाद
नहीं हो पराजित, अगर
नहीं मार सकी निराशाएँ
तुम्हारी उम्मीदें
तुम हो विजेता, अगर
घेरे खड़ी हो हार
और बिना भय के
फिर भी खड़ा है तुम्हारा
जीतने का विश्वास
तुम नहीं हो पराजित
तुम नहीं हो सकते पराजित

सूरज ने देखा

पेड़ की शाखों ने
जब रोक दी थी धूप
सूरज की चढ़ गई थी
त्योरियाँ, कर लिया था
जंगल जला देने का निश्चय
तभी आ पहुँचे थे (अधिक गर्मी से बादल आते हैं)
पेड़ों को ढकते हुए
सूरज के आगे बादल
और इशारा किया देखने का
पेड़ की शाखों के नीचे..
सूरज ने देखे, धरती पर बिखरे
उसकी किरणों से बने मोती,
उसको चुनते हुए पंछी,
संवरती हुई घासें...
सूरज ने पहली बार देखा था
अपना इतना खूबसूरत खज़ाना

देनी ही होंगी परीक्षाएँ

ऊब मत जाना
अपने प्रयासों से
अपनी तपस्या से
भागने मत लगना
देखकर लक्ष्य की
घुमावदार सड़कें,
कठिन परीक्षाएँ,
मिटटी को जब भी
होना हुआ है कलश
सहनी ही पड़ी उसे
चाक और कुम्हार
की यातनाएँ..
तुम्हें भी देनी होगी
परीक्षाएँ...

पंछियों का सरदार

बारिश थम चुकी है,
और थक चुकी बूँदें,
पेड़ की टहनियों से
टप टप करती, धीरे धीरे
नीचे गिर रही हैं,
किसी घायल की तरह...
वहीं कुछ घोंसले और
कुछ पंख भी टूटे हुए
गिरती बूँदों के साथ
मिट्टी में सने हुए हैं, पत्तियाँ
चक्रवाती हवाओं से कराहती
टहनियों का हाथ थामे हुए
सहमी खड़ी हैं

सब कुछ शांत हो चुका है..
अरे, लेकिन यह क्या है..
शायद पेड़ पर कुछ
चिपका हुआ है
ओह..
पंछियों के सरदार ने
कुछ लिखा हुआ है।
"कुछ दिन यहाँ मत आना
सब अस्त व्यस्त है
आज रात युद्ध हुआ है..
दुश्मन का काफ़िला
दम तोड़ रहा है
हम विजई हुए हैं...
दुश्मन टक्कर का था,
वह भी पीछे नहीं हटा
हमारी तरह अंतिम साँस तक...
यूँ तो इस युद्ध में हम नहीं बचा पाए
हमारे कुछ घरौंदे और पंख
लेकिन बचाए रखा हमने
अपने भीतर का साहस

जिसने तोड़ दिया
प्रतिद्वंदी की तीरनुमा बूँदों
और चक्रवाती हवाओं को..
तरस मत खाना मुझ पर
हमें लाचार मत कहना
हम योद्धा हैं,
नुकसान सहना होगा...
हम जुटने वाले हैं
सारा बिखराव समेटकर
विजय उत्सव की तैयारी में..
तुम तब आना..
और हो सके तो पहुँचाना
युगों तक,
हमारी असंभव विजय गाथा...
ताकि लड़ सके
किसी और का भी साहस
उनके जीवन के असंभव युद्ध...
- पंछियों का सरदार

हिम्मत

शुरुआत, हुनर से नहीं
हिम्मत से होती है
पर्वत लाँघने को उठा
पहला क़दम
हिम्मत से उठा होगा
खड़े होने को, किसी बच्चे का
बढ़ा पहला क़दम,
हिम्मत से बढ़ा होगा।
हर शुरुआत, हिम्मत की
अंगीठी में पकती है
हिम्मत ही पैदा करती
और तराशती है हुनर
हुनर एक करतब है
जो सिखाया और
दिखाया जाता है
हिम्मत के सर्कस में...

अंतहीन यात्रा

उमड़ उठता है भीतर
और घेरने लगता है
जब निराशाओं का धुंध
तब हमारा जीवन
बहने लगता है जैसे
समय से परे..
आँखें पथराने लगती है
अनवरत बहते हुए,
भीतर जल उठती हैं जैसे,
उम्मीदों को ध्वस्त
करने वाली भट्ठियाँ..
लेकिन डरने के बजाय
समझना होगा हमें

नदी और पहाड़ का खेल
जो चलता है अनवरत
जहाँ बदलते रहते हैं दोनों
एक दूसरे की दिशा और दशा
कहीं पहाड़ मोड़ देते हैं
नदियों को, तो कहीं
नदियाँ बहा देती हैं
पहाड़ों के किनारे
और ऐसे ही बनाये रखते हैं
दोनों अपना अस्तित्व
रचते हैं प्रकृति का
बेहद खूबसूरत दृश्य..
तो क्यों न छेड़ें हम भी
ऐसा ही खेल
निराशाओं की धुंध से..
और शामिल हो जाएँ
हार जीत की अंतहीन यात्रा में....
क्योंकि नहीं हटाया जा सकता
सदा के लिए, जीवन से

निराशाओं की धुंध...
जीवन इसी में है
जीत इसी में है...

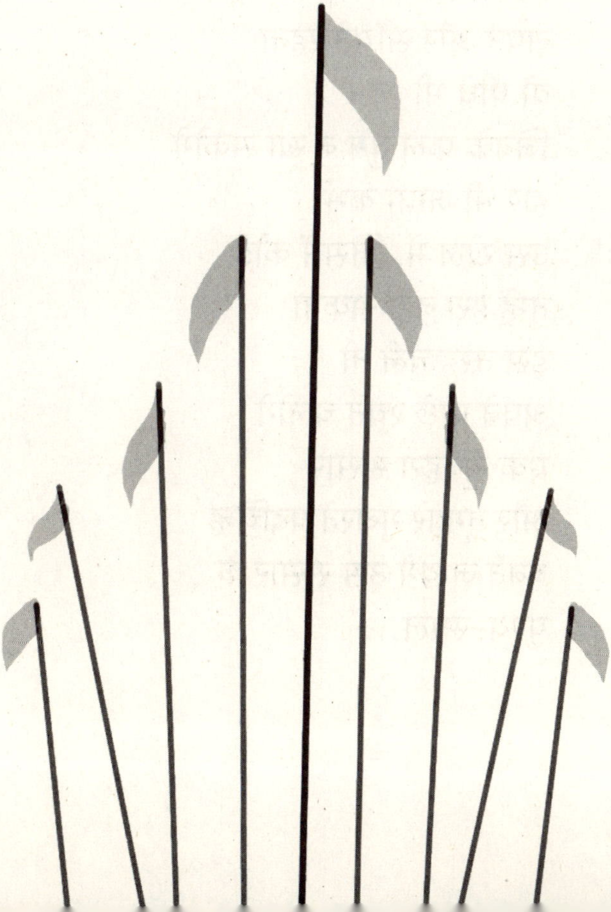

पदचिन्ह

चलते हुए मिलते रहना
उनसे भी,
जिनसे मिलना ज़रूरी न हो
रोपते और सींचते रहना
वो पौधे भी
जिनके फल तुम न खा सकोगे
हार भी जाना कभी
उस खेल में, जिसमें कोई
तुम्हें हरा नहीं सकता
इस तरह चले तो
अपने पीछे रचते चलोगे
एक सुनहरा संसार
और तुम्हारे गुज़रते पदचिन्ह
बनते जायेंगे उस संसार के
पुण्य-स्थल...

यदि संघर्षों की नही सुनी तो

शिखरों के जयगीत सुनोगे
सच कहता हूँ ठान लिया तो
अपने हिस्से जीत लिखोगे

बन जाये कितना भी दुर्गम
कितना भी हो जाए निर्मम
ध्येय दिशा को उन्मुख पग के
आगे टिकता नहीं कोई तम
कोई कितना बड़ा भले हो
पहुँचोगे ही अगर चले हो
यदि रुके नहीं तो, तुम लक्ष्यों के
निश्चित खड़े समीप मिलोगे

सच कहता हूँ ठान लिया तो
अपने हिस्से जीत लिखोगे

यही प्रथा थी कल भी अब भी
बढ़ा कोई कुछ पाने जब भी
लेकर कुछ मुश्किल असमंजस
भिड़ती रही सदा ही नियति
चाहे जितनी अड़चन आए
जितनी चाहे उलझन आए
यदि भीतर का भय मिटा चुके
तो बाहर प्रेरक रीत रचोगे

सच कहता हूँ ठान लिया तो
अपने हिस्से जीत लिखोगे

जो पग हैं शिखरों पर मिलते
देखा उनको थमते, बहते
बीता था उनका हर एक क्षण
पीड़ा का कोलाहल सहते
लेकिन धैर्य नहीं खोया था
पीड़ा ने साहस बोया था
तुम भी नहीं डिगे तो बनकर

किसी तुंग के मीत मिलोगे

सच कहता हूँ ठान लिया तो
अपने हिस्से जीत लिखोगे

जब लौटे सारे यत्न, हार कर
रात्रि बोल उठी विस्मय कर
डुबा चुकी हूँ सारा जग पर
डुबा न पायी दीपक का घर
उसने कोई कसर न छोड़ी
दीपक ने भी लौ न मोड़ी
बाधाओं की निशा में तुम भी
ऐसा ही बन दीप जलोगे

सच कहता हूँ ठान लिया तो
अपने हिस्से जीत लिखोगे